Fabrizio Giannini

LA LINEA DEI SOGNI

Annibale e il passaggio

dell'Appennino

Romanzo

In collaborazione con

LA LINEA DEI SOGNI Fabrizio Giannini

ISBN |978-88-91149-78-7

© Tutti i diritti riservati all'Autore

Finito di stampare nel mese di Dicembre 2015

Alla mia paziente "Imilce" e alle nostre splendide
meraviglie Diana e Azzurra
alla cugina Marta, compagna di ricerche (e di
giochi...)
a mio padre Giuliano, costruttore (e ingegnere...) di
racconti fantastici.

PREFAZIONE

L'autore dell'opera ripercorre il viaggio di Annibale nei giorni di attraversamento dell'Appennino pistoiese.

Complice il clima avverso ed ostile, il condottiero ha modo di compiere un percorso interiore dal quale emerge il lato umano di un grande uomo. Riaffiorano i ricordi degli affetti lontani, il giuramento fatto al padre, i profumi ed i sapori della propria terra che riemergono nel bagaglio della memoria, la magia che tutto avvolge.

L'opera si basa su fatti realmente accaduti, intercalati con episodi e avvenimenti che non sapremo mai se appartengono alla fantasia dello scrittore oppure si sono davvero manifestati e che rendono il romanzo ancora più intrigante.

Quante volte il desiderio di partire alla ricerca di una vita migliore ha assillato l'uomo? Quante volte questo desiderio viene esaudito al costo altissimo, pur non sapendo a che cosa si andrà incontro?

Annibale avrebbe potuto tranquillamente rimanere nel suo "mondo" ed invece ha deciso di correre il rischio e di andare incontro al suo destino. Non ha realizzato il suo sogno ma se oggi, dopo migliaia di anni, siamo ancora qua, a parlare delle sue gesta, possiamo serenamente affermare che egli è riuscito a lasciare scritto il suo nome nella storia dell'umanità, con un segno indelebile.

Dr. Augustine Iroatulam

PREFAZIONE DELL'AUTORE

Annibale appartiene in qualche modo all'immaginario della mia infanzia quando, nelle caldi estati che trascorrevamo nella casa di montagna, al "Signorino", a poca distanza dal passo della Collina, assieme a mia cugina Marta compivamo degli scavi vicino all'altalena, alla ricerca dell'occhio di Annibale, in quello che mio padre diceva essere stato il percorso fatto dall'eroe punico verso Pistoia.

L'occhio chiaramente non l'abbiamo mai trovato ma il ricordo di tanto coinvolgimento è rimasto ancora vivo e pervade per intero il romanzo.

LE FONTI

Un ringraziamento particolare e doveroso va alle fonti, il nostro prezioso e insostituibile bagaglio di memoria storica, dalle quali ho attinto conoscenza: l'inesauribile Polibio e Tito Livio ma anche Silio Italico e Velleio Patercolo i quali, a loro volta, avevano attinto a piene mani dai manoscritti e dai libri che, purtroppo, sono andati perduti e di cui gli autori avevano vissuto direttamente i fatti: Sosilo di Sparta e Sileno di Caleacte, i "segretari" di Annibale, che ebbero la fortuna di stare al seguito dell'eroe punico in questa fantastica e indimenticabile avventura.

Cosa posso dirti? Ho fame di sapere

ANTEFATTO

Udirai cose che non è possibile udire...

Ho fatto un sogno, oppure chi sa... stavo dormendo nella mia camera da letto quando, all'improvviso, ho avvertito una presenza. Sono stato come attraversato da un fantasma; un tiepido soffio mi ha accarezzato il braccio, sollevandomi la peluria e pizzicandomi il naso, mentre tutto intorno non si muoveva foglia. Poi un brivido mi ha percorso dentro; ho aperto gli occhi e ho intravvisto nella penombra, in piedi, in fondo al letto, una figura scura, imponente. Era lui, era Annibale, o almeno pensavo lo fosse.

Aveva la sua armatura di rame e la spada britannica; grondava acqua da tutte le parti.

Il mio corpo era come paralizzato e i miei occhi sbarrati lo guardavano increduli.

Mi ha parlato, senza pronunciare una sola parola, solo con la forza del pensiero.

«So che stai facendo ricerche su di me» – ha detto – «stai consultando le fonti che gli avi hanno tramandato».

«Sei curioso e ti rispetto» – ha continuato – «ma se davvero vuoi sapere che cosa è successo in quei quattro giorni di passaggio dell'Appenino, se davvero vuoi conoscere la verità, solo io sono in grado di aiutarti».

«Se avrai la pazienza di ascoltarmi» – ha concluso – «disseterò la tua voglia di conoscere». «Era la primavera del 217 a.C., nel mese di maggio...»

I have seen things you people wouldn't believe, attack ships on re off the shoulder of Orion, I watched the c-beams glitter in the dark near the tannhauser gates. All those moments will be lost in time, like tears in rain. It's time to die.

Ho visto cose che voi umani non potreste immaginarvi: navi da combattimento in fiamme al largo dei bastioni di Orione e ho visto i raggi B balenare nel buio alle porte di Tannhauser. E tutti quei momenti andranno perduti nel tempo, come lacrime nella pioggia. È tempo di morire.

Rutger Hauer, nei panni del replicante Roy Batty, nel film Blade Runner, 1982

I.

Il sogno ricorrente

Annibale si era risvegliato tra le proprie urla, in un oceano di sudore, circondato dai servi e dai fedeli consiglieri accorsi in suo aiuto.

Nei ricorrenti sogni notturni, Annibale si ritrovava a passeggio, sopra al fedele elefante Surus, vestito di tutto punto, con la sua corazza di rame lucida, la spada britannica e l'elmetto, racchiuso nel mantello, per il Campidoglio, tra due ali festanti d'Italici, liberati dal giogo di Roma.

Scendendo dal pachiderma, anch'egli addobbato a festa, con l'aiuto di una scaletta, sorretto dai fedeli alleati e amici Maarbale e Magilo, si collocava su di un piccolo palco di legno, preparato all'uopo, con a fianco la moglie Imilce e il figlio Amilcare.

Ogni volta così parlava alla folla incitante, per la verità migliorando in ogni sogno il discorso che avrebbe proferito:

«Popolo italico, uomini e donne provenienti da così diversi luoghi, con così tanti divinità da venerare, ascoltatemi. C'è una cosa che da oggi finalmente unisce i nostri spiriti e pervade forte i nostri cuori e che ci ritrova uguali, l'uno con l'altro: l'odio verso Roma.

E la nostra unica lingua e il nostro unico credo grida una parola sola: libertà!»

Mentre la folla, ormai in delirio, iniziava a urlare, cadenzando la parola magica pronunciata, mentre i suoi uomini battevano le spade sugli scudi, Annibale alzava una mano aperta e subito chiudendola a pugno invitava la folla ad ascoltarlo e così riprendeva:

«Io sono venuto da molto lontano per liberare il mondo a noi noto dall'oppressione, dalle ingiustizie, dagli obblighi e dai tributi.

Io come voi e come i nostri padri e i nostri avi abbiamo conosciuto bene sulla nostra pelle il significato del sale sulle ferite, la privazione dei diritti primordiali, l'essere considerati inferiori, schiavi, ultimi.

Noi sappiamo bene il sapore dell'umiliazione, l'amarezza e la nostra impotenza quando venivano a rubare nelle nostre case, a violentare le nostre donne, a uccidere i nostri vecchi e bambini, a portare via i nostri uomini.

Ma noi oggi non reclamiamo vendetta, marcando con una linea indelebile la differenza che ci separa da loro.

Oggi non ci sono prigionieri ma solo vincitori e vinti. Chi si pentirà verrà accolto a braccia aperte e farà parte, a pieno titolo, della rinascita; chi ci combatterà e ci guarderà ancora come un nemico, sarà annientato senza nessuna pietà, secondo il volere degli dèi.

Io provengo da una stirpe che non conosceva il significato della parola guerra. Siamo un popolo di mare, di navigatori, amante della pace, del dialogo tra le genti, che praticava il compromesso e aveva come unica arma il commercio libero e proficuo per tutti.

Poi un popolo si è sentito minacciato dalla nostra presenza, non ha capito le nostre reali intenzioni, ha voluto di più e tutto per sé. Questo popolo si chiama Roma. Abbiamo dovuto prendere le armi per difenderci, per la nostra sopravvivenza e per la libertà dei nostri popoli.

Visto che non conoscevano il significato della parola dialogo, abbiamo dovuto combattere sul campo, nell'unica lingua che parlavano. Da allora sono morte troppe persone, in entrambi gli schieramenti, che noi oggi onoriamo, e ai quali sacrificheremo doni affinché il pascolo eterno sia per loro più lieve.

Ma per combattere il male che si era diffuso e radicato nel profondo abbiamo dovuto tagliare la testa, di netto, con una lama ben affilata; per separare la piovra dai tentacoli, il drago dal corpo, siamo giunti fino al cuore dell'impero del male, qua a Roma.

Abbiamo percorso migliaia di stadi, affrontando mille pericoli e ostacoli. Siamo partiti come un piccolo e debole ruscello, poi, con il passare del tempo, si sono uniti a noi tanti affluenti, con i quali siamo cresciuti e diventati più grandi. Inarrestabili, come un'onda gigantesca, abbiamo travolto tutto ed ora siamo qua.

Oggi, io giuro solennemente, nel nome di mio padre Amilcare, che la strada che abbiamo di fronte avrà un unico obiettivo: la libertà.

Libertà dai tributi

libertà dalla leva obbligatoria

libertà di lingua

libertà di religione

libertà di usanze

libertà di diritti

libertà di libertà.»

Anni e anni di maturazione intellettuale e fisica rendevano ineluttabile il suo destino. Era nato per compiere la missione iniziata da suo padre, era stato istruito affinché portasse al successo il compito assegnatogli. Il suo sangue gridava libertà, i suoi occhi mangiavano avidamente gli orizzonti lontani che lo separavano dal raggiungimento del suo scopo. Ogni singolo dettaglio del corpo indicava il suo disperato desiderio di sconfiggere Roma, il nemico di sempre. Questo sentimento di odio represso tra le mura del suo corpo era stato il suo più fedele compagno di vita e l'unico che lo aveva compreso e guidato lungo la sua esistenza, occupando totalmente e irrimediabilmente il suo spazio mentale.

Era scritto nel suo dna, era scritto ancor prima di essere nato.

Vincere o morire

II.

La vita nell'accampamento

Gli ozi non si confacevano a una persona sempre dinamica e in movimento come Annibale. Il rischio era quello di venire contagiati da quel pericoloso rilassamento che assale un esercito a riposo.

La lentezza della vita nei cosiddetti "quartieri d'inverno" doveva servire a una rigenerazione fisica e spirituale ma l'eroe punico aveva il terrore che questa situazione si potesse trasformare in torpore, possibilità ancora più temibile dell'odiato nemico e, per questo, anche se la stagione primaverile tardava, decise che era giunto il momento di togliere le tende e di iniziare la nuova traversata.

La vita nell'accampamento scorreva sempre uguale. Gli uomini si sfidavano in duello con tornei di spade, pugnali e archi. Tale attività era svolta per tenersi in allenamento ma, seppur in competizione tra loro e sotto lo sguardo vigile e attento di

Annibale, non avevano la tensione tipica della battaglia e, quindi, per lui, questo allenamento, era giudicato insufficiente; insomma, una vera e propria perdita di tempo.

I frombolieri delle Baleari, esperti nel lancio delle pietre, erano invece intenti nelle loro severe esercitazioni quotidiane. I padri costringevano i figli a colpire con la fionda un tozzo di pane, il loro pranzo nel caso in cui ci fossero riusciti. Altrimenti, li attendevano il digiuno e un ulteriore faticoso esercizio aggiuntivo.

Annibale si posizionava, seduto su di una sedia improvvisata, di fronte alla sua tenda, posta più in alto rispetto all'accampamento, per controllare la situazione. Qui, con accanto il suo scrivano Sosilo di Sparta, storico greco e maestro personale, riceveva i consiglieri, i capi delle tribù alleate, gli esploratori iberici, studiando mappe e dando indicazioni.

Sosilo, graffiando rotoli di papiro con la stilo e l'inchiostro, prendeva appunti e dettature da parte del generale.

Faceva una certa impressione vedere riuniti centinaia di popoli, una massa di uomini così eterogenea, con tanti idiomi, una moltitudine di lingue, spagnolo, cartaginese, africano, greco, latino e tanti dialetti locali, tutti diversi, eppure riuniti in un corpo unico, sotto un solo comando.

Annibale conosceva i suoi uomini uno ad uno; li aveva scelti e divisi in gruppi, inserendo i loro capi in una catena di comando a forma piramidale. Egli era riuscito a costruire una vera e propria macchina da guerra, un incastro cosi variegato ma allo stesso tempo omogeneo e perfetto come un ingranaggio. Essi erano uniti non solo dall'aspetto economico ma soprattutto dalla fratellanza militare e dall'attaccamento verso un uomo, considerato il loro faro. Il suo esercito era come il motore di una macchina: lui guidava e decideva sia la velocità che la direzione.

Nel campo si era sparsa la voce della prossimità della partenza e, inevitabilmente, si era alzato il fervore, la spensieratezza propria di quei momenti. Gli uomini avevano iniziato i preparativi, spalmando le membra di olio, affilando le armi e predisponendo i bagagli per il viaggio. Ognuno aveva il suo compito e come in un gigantesco formichiere sapeva bene cosa fare.

Annibale cominciò a ricevere i comandanti delle tribù del luogo per le informazioni necessarie alla traversata. Come sempre, accanto a lui, trovavano posto casse di monete antiche d'oro; sorvegliate da fedelissime guardie armate rappresentavano il prezzo di una futura giusta ricompensa.

Annibale elargiva con generosità denaro ai nuovi alleati; anche questo era motivo di tanto interesse tra loro, tanto che ogni volta che li incontrava, essendosi sparsa rapidamente la voce, apparivano sempre più numerosi e interessati.

Tra loro spiccava Magilo, il principe celtico. Egli era capo dei Buoi, quello che gli era andato incontro sulle Alpi e poi lo aveva preceduto per preparargli il terreno. Magilo faceva da padrone di casa, presentando, intervenendo, consigliando, rivestendo un ruolo che non era sgradito ad Annibale, il quale vedeva in lui non solo una guida e un ottimo compagno di viaggio ma anche e soprattutto un amico fedele.

L'obiettivo era Roma, il suo sogno ricorrente, correre là dove mai nessun punico era giunto come uomo libero o vincitore.

Mentre nell'accampamento avanzava la notte e venivano accesi fuochi vicino alle tende, una musica melodiosa di canti punici vibrava nell'aria, pervadendo i cuori malinconici dei soldati lontani dalle loro patrie. Questa nenia accendeva anche nell'eroe punico il bagaglio dei ricordi, ben riposto nella sua mente, sognando ad occhi aperti orizzonti lontani.

III.

Imilce, l'onda dei ricordi

Tua iustior aetas, ultra me improperae

ducant cui

fila sorores.

La tua giovane età merita che le sorelle tessano
lente l'ordito della tua vita, oltre la mia morte.

Silio Italico, volume primo

Le guerre puniche

Mentre l'ultimo chiarore lasciava il posto al regno
delle tenebre, ancora più misterioso, in questa terra
oscura e lontana, il pensiero andava a lei, Imilce, e a
suo figlio, Amilcare, il senso della sua vita.

Il distacco era stato estremamente doloroso, come
una spada trafitta nel cuore; il suo cuore, a distanza
di mesi, sanguinava ancora, grondo di malinconia.

Anche gli occhi si erano fatti lucidi e più di mille erano i ricordi che riaffioravano nella sua mente: i momenti più belli trascorsi assieme, la forza e l'amore che solo una grande donna può dare a un grande e valoroso generale.

Imilce era in grado di sciogliere con un solo sorriso un uomo così rude e freddo. Tra loro bastava uno sguardo, una carezza, per trasformare una giornata grigia in un giorno di pura felicità. Si erano conosciuti, presi, voluti, soli contro tutti, in una storia già scritta nel percorso della loro esistenza e gli dèi erano stati a loro favorevoli.

In Annibale era rimasta impressa nella mente, l'espressione dell'amata che lo guardava dalla riva, mentre la nave si allontanava all'orizzonte, i piedi bagnati dall'acqua, nel suo moto naturale che accresceva ancor di più il momento di precarietà, con gli occhi impauriti di chi, anche senza pronunciare una sola parola, implora "portami con te"; misto alla rabbia ed alla fierezza, tutta femminile, di chi si sente rifiutata proprio in quanto donna e, quindi, non considerata all'altezza per una simile impresa, mentre il destino aveva già tracciato il loro percorso e la barca era già inesorabilmente lontana. Una parte di lui, impulsiva e sentimentale, ben nascosta sotto la spessa corazza, avrebbe desiderato di ritornare indietro e prenderla con sé, ma la parte fredda e razionale no, non avrebbe mai potuto accettare che la giovane vita di moglie fedele o quella del suo amato figlio, fossero messe in così grave pericolo. Erano troppe le insidie in questo lungo viaggio dagli esiti imprevedibili ed incerti. In fondo, se si trovava lì, a combattere il nemico, era anche per loro e per il futuro del suo popolo. La sua gloria avrebbe rappresentato la salvezza di Cartagine e, quindi, della sua famiglia. Non dissero una sola parola, i loro sguardi erano già sufficienti per esprimere le loro sensazioni. Annibale, in un attimo, come in un dejà vu, ripercorse i momenti più belli. Si ricordò dell'incontro fulminante a Castullo, città nativa di Imilce, in Spagna, durante l'avvicinamento all'Italia. Anche allora i loro occhi magnetici si erano incontrati e attratti per non lasciarsi più. Da subito aveva ammirato in lei l'orgoglio di essere donna, unito ad un carattere forte di chi indossa un solo volto, quello della sincerità, dote molto cara ad Annibale che amava circondarsi solo di persone fidate.

Si ricordava delle loro passeggiate a cavallo, nel cuore della notte, eluse le guardie di scorta, da soli, incontro al mare di Carthago Nova, alla ricerca di una spiaggia isolata, al chiaro di luna, nelle calde notti ispaniche. Allora, abbracciati come una sola persona, trascorrevano ore in silenzio ad ammirare le stelle mentre la brezza marina accarezzava i loro volti e gli occhi di Imilce brillavano d'amore, spogliando Annibale di ogni crudeltà guerriera, mettendo a nudo la sua vera essenza di uomo innamorato e fedele.

Si ricordava della nascita del figlio, a Sagunto, durante l'assedio della città. La felicità di un simile evento di diventare padre cozzava con lo strano scherzo del destino: da una parte veniva alla luce una persona a lui cara, sciogliendo tutta la sua dolcezza e felicità, dall'altra, per la sua mano sanguinaria, numerose persone ne venivano private, producendo lutti e disperazioni, aumentando l'alone di mistero ed inquietudine dei vari volti di un condottiero enigmatico, difficile da decifrare. Al piccolo fu dato il nome del nonno Amilcare. A lui, il destino e gli dèi avevano riservato il cammino già segnato verso l'odiato nemico di Roma.

A Imilce, a lei, moglie e compagna fedele, era affidato il compito di preservare la stirpe e di far completare al pargolo, quando sarebbe diventato grande, l'opera del padre, nel caso in cui egli fosse venuto meno.

Le mogli degli eroi sono intrise di una felicità velata da una profonda malinconia, per la consapevolezza che, facendo anch'esse parte della storia, seppur di riflesso, sono destinate a soffrirne in pieno le conseguenze.

Imilce sapeva bene che la felicità si vive nel soffio di un respiro e che niente è per sempre, come sapeva bene che quella sarebbe stata l'ultima volta che avrebbe visto l'amore della sua vita.

Et pace et bello cunctis stat terminus aeui

Il destino, sia in pace che in guerra, sta scritto e nessuno si può sottrarre ad esso.

«Generale, stanno arrivando i capi delle tribù, dobbiamo prepararci.»

La voce del fido Maarbale, comandante della cavalleria Numide, strattonandolo, lo aveva riportato bruscamente al presente.

Era il momento di tornare in azione. Si alzò dalla branda, asciugando il volto sudato dai ricordi ed uscì con il suo alleato dalla tenda, incontro al destino.

IV.

Amilcare

Romanos terra atque undis ferro inique sequar.

Inseguirò i romani per terra e per mar col ferro e col fuoco.

Silio Italico, Le guerre puniche

Il vento si sollevò all'improvviso passando, come un contagio, da un albero all'altro: poi un lampo squarciò il cielo, con un fragoroso rimbombante prolungato rumore.

Questo fatto accese nel punico il ricordo del padre Amilcare. Egli era stato soprannominato Baraq (il fulmine), sia per la rapidità di azione che per il carattere irrequieto che ribolliva nel suo sangue, tratti trasmessi poi in eredità al figlio, uniti alle evidenti somiglianze fisiche, soprattutto nei lineamenti del volto.

Ad Annibale sembrava che il tempo avverso fosse un rimprovero del padre, assetato di vendetta verso il nemico, e che lo sollecitasse ad agire, senza perdere altro tempo.

Una notte, ad Annibale, apparve in sogno Amilcare, nel cuore delle tenebre, mentre con il suo cavallo usciva grondante da un fiume, avvicinandosi e guardandolo immobile dalla riva. I suoi occhi fulminanti, altra caratteristica ereditata, lo avevano paralizzato; le sue parole "ricordati il giuramento" riecheggiavano nell'aria come un eco incessante.

Ora, la pioggia che scendeva dal cielo sembrava il sangue che, in quella notte magica, aveva visto avvolgere il pavimento del tempio.

Annibale aveva allora solo nove anni e mai avrebbe dimenticato l'avvenimento nel quale era diventato il vero e proprio protagonista.

Suo padre lo aveva guidato in luoghi sacri e proibiti alla gente comune, dove le urla dannate di sacerdotesse deliranti immolavano sull'altare vittime sacrificali per conoscere, attraverso l'analisi delle budella interiori, il responso sul futuro.

Quei bagliori di fuoco avvolgevano il suo destino e proprio in quel luogo, spinto dal padre, aveva recitato il giuramento contro Roma, un giuramento solenne, sacro, nonostante la sua giovane età. Forse anche per questo era rimasto impresso nella memoria e nei ricordi di un bambino che, invece di giocare con i suoi coetanei, era predestinato a una vita diversa. Egli aveva sottoscritto un vincolo al quale si sarebbe sottratto solo con la morte.

Da quel momento era stato istruito, preparato, addestrato ad odiare con tutto se stesso un intero popolo e da quel momento il temperamento guerriero di Amilcare aveva iniziato a contaminare il suo sangue. Era giunto il tempo di mettere in pratica gli insegnamenti ricevuti e di placare le ire di chi aveva iniziato tutto e al quale doveva la vita.

Amilcare era sempre stato per lui un modello da seguire, l'unico cartaginese che non era mai stato sconfitto in battaglia da una legione romana; l'uomo, il salvatore, quello che proteggeva la sua patria.

Annibale era stato capace di trascorrere ore e ore ad attendere, sul promontorio più alto, il sorgere della nave del padre di ritorno da una missione di guerra. E quando la vedeva spuntare, in lontananza, riconoscendola dal vessillo svettante sull'albero maestro, il suo cuore iniziava a battere all'impazzata e lui, sprizzante di felicità, correva a per di fiato giù per la scarpata, fino al porto, alzando un nuvolone di polvere che, se guardato a distanza, sarebbe sembrato la corsa di un cavallo impazzito. E lì trovava Amilcare, circondato dal suo popolo festante, schivo, disattento, certamente non dotato, come genitore, di grandi slanci affettivi. Ma ad

Annibale bastava uno sguardo, un cenno, una pacca sulla spalla e quello rappresentava per lui il regalo più bello, la giusta ricompensa dopo tanta attesa.

Annibale diventò subito grande. Saltando il periodo dei giuochi e della spensieratezza, tipico di ogni bambino; si ritrovò adolescente a seguire il padre nelle battaglie, ad imparare l'arte della guerra. Lui era il prescelto, il predestinato, l'eletto, colui il quale avrebbe dovuto portare a termine l'opera iniziata da Amilcare. Pertanto i ricordi di infanzia del generale punico erano quelli dell'avventura, del pericolo continuo, del sangue che scorreva abbondante. Cresciuto con i ritmi della vita dell'accampamento, senza una figura femminile accanto, aveva vissuto sotto l'occhio vigile e severo del padre, privato degli affetti e delle carezze che si rivolgono ai bambini. Lui no, non ne aveva il tempo; doveva crescere e imparare in fretta perché il nemico non aspettava.

Annibale ricordava le notti di inverno trascorse tremando nella branda, febbricitante per il freddo che aveva accumulato nelle ossa durante una delle tanti esercitazioni svolte all'aperto. Allora le parole di suo padre, senza il minimo conforto, lo informavano che avrebbe dovuto essere felice per la sua malattia in quanto, attraverso di essa, avrebbe potuto diventare più forte e resistente. Ed aveva ragione perché con il tempo il suo fisico si era fortificato, diventando simile ad una roccia.

Ma Annibale non sentiva la mancanza degli affetti; era lui che aveva scelto quel tipo di vita, anzi quella era la sua vita perché non ne aveva conosciute altre e perché quello era il destino che era stato scelto per lui.

Adesso toccava a lui di dover completare le gesta iniziate da suo padre; e lui era pronto, solo contro tutte le avversità e i perigli che lo circondavano. Voleva essere all'altezza del compito affidato per non tradire la fiducia che l'amato genitore aveva riposto in lui. Sapeva, in cuor suo, che era solo questione di tempo e il suo destino si sarebbe materializzato.

In interiore homine habitat veritas.

La verità sta dentro di noi.

Sant'Agostino

V.

La figura di Annibale

La fiamma della vita bruciava nel corpo impavido di Annibale ed il tempo era il suo peggior nemico.

I suoi occhi di fuoco erano lo specchio dell'anima indomita ed irrequieta e chi lo ascoltava, lo faceva sempre con un timore misto a fiducia.

Egli era visto come una specie di divinità, anzi, in qualche modo come il rivale degli dèi stessi, colui che quando parlava faceva rivelazioni. Sembrava programmato per non dormire mai, sempre intento a fare qualcosa d'importante, come se il tempo, iniquo, non bastasse mai. Egli consultava, studiava, leggeva, ordinava, riceveva, controllava, tutto passava tra le sue mani, ascoltava e soprattutto alla fine decideva; egli era un uomo solo, al comando, contro tutti. Eppure il suo aspetto fisico non era imponente. Aveva capelli corti e riccioluti, con la barba fatta crescere nel suo viaggio in Italia, la pelle un pò scura, il naso pronunciato, di statura media e di corporatura robusta ma lo sguardo magnetico era il suo punto più forte.

Annibale indossava sempre una spessa corazza di rame lucente e sopra un mantello invernale pesante, dal quale appariva la spada, fatta forgiare con il miglior ferro venuto dalla Britannia.

Egli non era amante degli eccessi, nemmeno nell'alimentazione; era capace di rimanere digiuno per giorni interi oppure di nutrirsi di un semplice pezzo di carne essiccato o solo con alcune noci.

Anche nel bere era molto moderato, marcando una netta differenza con le abitudini ed i vizi dei romani.

Questo vero e proprio stile di vita, scelto volutamente, aveva accresciuto il suo carisma e il rispetto tra i suoi uomini e si era diffuso come abitudine anche tra i fedelissimi.

Egli, ispirandosi alla cultura ellenica, pensava che il nutrimento della sua anima dovesse arricchirsi con ben altra energia che non quella derivante dal cibo o dall'alcool.

Si circondava sempre degli uomini più fidati ma amava anche travestirsi. Con l'aiuto di particolari parrucche, che portava sempre con sé, eludeva le guardie personali ed entrava in scena come solo un grande attore è in grado di fare, mescolandosi con la folla, il più delle volte anche nel campo nemico, per osservare, carpire segreti e informazioni.

Il punico era supportato in questo anche dalla padronanza di molte lingue che aveva voluto apprendere, non volendo interpreti nelle traduzioni, rimanendo libero di capire con il proprio cervello, senza intermediari.

Oltre alla lingua madre parlava correttamente il libico, l'iberico, il balearico, il gallico, ma anche il greco, il latino e molti idiomi locali.

Aveva rapito e si portava al seguito due importanti storici:

Sosilo di Sparta e Sileno di Caleacte. Più che di un

vero e proprio rapimento si trattava di un matrimonio di interesse in quanto i due segretari non erano certo trattati da prigionieri essendo ben lieti di accompagnare l'eroe punico da un osservatorio così privilegiato. Il primo, tra l'altro, era diventato il suo maestro e il rapporto che si era instaurato godeva di grande stima e amicizia; poter frequentare la corte ristretta di un visionario, un uomo così geniale e inventivo, che stava scrivendo la storia, era il sogno di ogni storico.

Anche Annibale aveva bisogno di circondarsi di uomini di cultura, soprattutto greca perché guardava a quella civiltà come a un possibile alleato e soprattutto perché voleva che il mondo venisse a conoscenza della grande impresa che stava compiendo, con il desiderio che le sue gesta lo accreditassero come un grande condottiero e che nel tempo fosse ricordato al pari di un uomo che, come il padre, aveva studiato nei minimi particolari e dal quale traeva spunto: Alessandro Magno.

La sua fonte d'ispirazione era lui, il suo desiderio quello di ricalcare con le vittorie le sue orme.

In Annibale era presente un concentrato di doti tenute unite da un tratto saliente: la volontà di ottenere il successo tramite la volontà.

Un uomo con simili caratteristiche, per raggiungere il suo fine, aveva solo un nemico da sconfiggere: lo specchio di se stesso. Egli sapeva bene che ogni persona indossa una maschera e recita un ruolo. Le persone si dividono in due categorie: quelle che la maschera da indossare se la scelgono e quelli invece ai quali sono gli altri ad imporre quale mettere. Questo segna la differenza tra un vero condottiero e un uomo di paglia, tra un visionario e un conformista che si piega alle regole scritte dagli altri. Ad Annibale stava stretto persino il ruolo di artefice del proprio destino, figuriamoci in che considerazione teneva gli altri, nullità, esseri insignificanti tenuti insieme da una materia destinata a scomparire. Questi, per lui, avevano un nome ben preciso: romani, parassiti che facevano lavorare gli schiavi al loro posto, un popolo da annientare per preservare l'umanità futura.

Per cercare di raggiungere i suoi scopi Annibale doveva fare uso di molti tipi di maschere, a seconda della convenienza e, molto spesso, essa era quella della diplomazia, ingoiando bocconi amari e dolorosi. ma lo considerava un male necessario, essendo disposto a tutto pur di raggiungere il suo obiettivo: conquistare e distruggere Roma. Fino ad allora egli non avrebbe avuto pace, fino ad allora sarebbe stato in guerra con se stesso e con un intero popolo.

VI .

Ricordi e profumi

Si avvertiva nell'aria quella sensazione nella quale tutto appare perfetto e che vorresti fermare per sempre ma, nonostante cerchi con tutto te stesso di non dare ascolto ad altro, inizia da dentro a fare breccia la presa di coscienza e il confronto con la realtà, ben diversa da quella che desideravi e che, al contrario, ora si materializza, unita alla consapevolezza che il presente non sarà più come ieri e questo riesce definitivamente a rovinare anche i pochi attimi di pace che con grande fatica ed abilità l'anima aveva cercato di costruire.

L'eroe punico aveva preso a dormire lo stretto necessario per non sognare più in quanto ne riceveva un doloroso e crescente tormento; cercava a tale scopo di rimanere sempre impegnato, proprio per non dare eccessivo spazio alla sua galoppante fantasia.

Annibale aveva capito che la sua anima stava cercando di trovare rifugio nel passato, di nutrire di ricordi ogni attimo possibile e questo, se da un lato era piacevole, dall'altro gli procurava sofferenza e dolore crescente e da ciò aveva deciso di sfuggire.

Ma seppur ci provava con ogni mezzo, dalla sua mente, come un oblio indispensabile, riaffioravano profumi e ricordi di un dolce passato che avrebbe desiderato senza fine.

Erano solo attimi, momenti, come l'accendersi di un semplice ricordo. Allora chiudeva gli occhi e il pensiero andava via lontano.

Bastava ritrovarsi in un bosco bagnato dopo un temporale e lo sprigionarsi di profumi e odori, trasportati nell'aria da un leggero soffio di vento, lo avvolgevano.

Il popolo cartaginese, come tutta la gente di mare, era un popolo malinconico, propenso alla nostalgia.

Annibale, pur nascondendo sotto una coltre corazza i suoi reali sentimenti non era da meno. E certo la lontananza prolungata dal suo mondo faceva sempre più breccia nei ricordi; le notti solitarie trascorse a dormire nei boschi, l'immagine impressa dentro di sé dei luoghi nativi, i profumi a lui conosciuti della patria così lontana lo facevano sognare ad occhi aperti.

Il pensiero di un attimo, la vuotezza nell'anima e del significato di trovarsi in quei luoghi, alla ricerca di se stesso; il bagaglio dei ricordi annidati nei meandri più reconditi della mente, che credeva dimenticati sotto uno spesso strato di polvere. Era bastato un soffio di vento per vederli riemergere, uno ad uno, freschi ed intatti, ancora vivi nonostante il tempo trascorso. Il generale punico che appariva invincibile aveva prestato il fianco alla fragilità umana, rivelando in pieno tutte le sue debolezze. Piangeva o almeno dai suoi occhi uscivano lacrime copiose. Rimpiattato in un piccolo anfratto, come un animale impaurito e ferito, con lo scopo di non farsi vedere dai suoi uomini, si sedette a terra, mise la testa tra le generose mani e, singhiozzando, scoppiò in un pianto dirotto, tentando fino da ultimo di frenare le sue emozioni che poi, alla fine ebbero la meglio e proprio perché così a lungo trattenute si manifestarono più forti e dirompenti.

Pensava al suo agrumeto, posto a sud di Cartagine, dove la famiglia dei Barca gli aveva lasciato terre immense e generose. Si vedeva in quei luoghi ameni, carichi di ricordi d'infanzia, mentre era intento a coltivare le vigne dal vino corposo e ricco, dovuto a tanto sole accumulato nella crescita, a curare gli olivi secolari delle grandi raccolte, olivi che egli stesso con le sue grandi braccia non riusciva a cingere da solo; e poi l'amore per i mandorli bianchi in fiore oppure intento a seminare grano. Lui, uomo di azione, di movimento e di armi, si vedeva finalmente a "riposo" dopo tante battaglie sanguinarie, ad occuparsi della sua terra, circondato dagli affetti più cari.

S'immaginava sotto l'ombra di un enorme pianta di olivo mentre raccontava a suo figlio Amilcare, abbracciandolo raccolto sulle sue ginocchia, le mille avventure e i luoghi misteriosi che aveva incontrato durante il suo viaggio mentre, in lontananza, una voce soave femminile, ben nota alle loro orecchie, richiamava i suoi cari al rito della cena.

Il piccolo Amilcare, allora, aspettando il cenno di assenso del padre, partiva di scatto come una lepre veloce, alzando una nuvola di polvere e Annibale, orgoglioso, lo seguiva con lo sguardo fino a quando non scompariva dentro casa. E poi c'era il mare, il sale, l'ondeggiare lieve delle onde, la grande nostalgia dell'acqua che circondava il suo cuore ma non quella donata dal cielo in quei luoghi remoti che stava attraversando ma la quiete acqua di casa.

Cartagine giaceva su di una dolce collina, proprio di fronte al mare Mediterraneo, con i suoi numerosi golfi e insenature perfette e il grande porto commerciale pullulante di movimento e di affari, racchiuso in un brusio di voci e lingue diverse.

Cartagine era un luogo magico, perso tra il cielo azzurro incontaminato e il mare liscio di colore blu trasparente. Gabbiani volteggiavano liberi nell'aria, compiendo favolose geometrie acrobatiche ed emettendo il loro inconfondibile grido di felicità.

Se chiudeva gli occhi era proprio lì, su di uno scoglio, a sentire gli odori di salmastro, gli striduli degli uccelli, i rumori delle onde che sbattevano ritmicamente come i secondi del tempo che passava, sempre uguale sulle rocce marine, in quel mondo da sogno.

Lui, come un riccio di mare, se ne stava immobile a nutrirsi della sua terra. Poi, all'improvviso, la direzione del vento cambiava e dall'entroterra arrivavano i profumi del mirto, del mandorlo, degli alti e giovani cedri svettanti in lontananza, con le loro cime folte e sinuose e poi gli odori degli alberi da frutta, carichi di generosi doni maturi e il sambuco fresco, unito alle fragranze d'incenso che solo la fantastica terra d' Africa sa regalare.

Allora si girava indietro e scorgeva la sua città bianca, ricca di vita, con le case dipinte a calce viva, le palme mosse dalla brezza e le grida festanti dei bambini, ignari, per la loro tenera età, dei pericoli che su di loro incombevano per mano straniera. Li seguiva con lo sguardo, uno ad uno, correre spensierati ed innocenti e provava ad immaginarsi i loro liberi pensieri innocenti.

Quando si sentì svuotato, prese la borraccia e con le mani bagnò gli occhi per alleviare il bruciore di tante lacrime versate e non far vedere agli altri che aveva pianto. Si rimise in piedi e come se avesse di nuovo riposto al sicuro i ricordi nei meandri più reconditi della mente, tornò all'accampamento dai suoi uomini, più forte e motivato di prima.

A questo pensava Annibale marciando nel suo passaggio per l'Appennino, avvicinandosi all'odiata Roma, durante il viaggio della sua vita.

Un visionario sognatore

VII.

Il regno delle ombre

Per me si va ne la città dolente, Per me si va ne l'eterno dolore, Per me si va tra la perduta gente.

Terzo canto, Inferno,

Divina Commedia, Dante

Annibale aveva attraversato più di una volta quella sottile linea di confine che separa la vita dalla morte. Egli non aveva certo timore di morire e nemmeno del regno delle tenebre. Il suo rapporto con le divinità era di grande rispetto e considerazione; operando assieme ad una moltitudine di popoli era venuto a contatto con migliaia di dèi, che onorava, proprio per non turbare gli uomini del suo esercito ed anche per un fattore scaramantico, tipico dei grandi condottieri.

In quelle interminabili notti di pioggia sull'Appenino pistoiese, il suo pensiero vagava verso il piccolo tempio, vicino al mare, a Cartagine, eretto in onore di Didone.

Egli stesso veniva chiamato durante i riti propiziatori khenu Baal (grazia di Baal), proprio a dimostrazione di quel legame profondo con il divino che il generale punico si onorava di avere e che lo rendeva, agli occhi dei suoi uomini, come ricoperto da una investitura divina. Durante un violento temporale, mentre fulmini illuminavano a giorno l'accampamento, gli era sembrato anche di vederlo, il tempio di Elissa (Didone), in lontananza, nascosto tra le piante di castagno e di quercia.

In tale occasione era uscito di soppiatto, eludendo la sorveglianza notturna assonnata, e l'aveva inseguito lungo la montagna, nei boschi, fino a perdere il fiato. Quando sembrava di averlo raggiunto, tutto intorno a lui era calato il buio più profondo, lasciandolo solamente con un ricordo dal sapore amaro e beffardo.

Lassù, a Cartagine, nel tempio dove giaceva la fondatrice punica, era solito andare a nascondersi nei momenti di maggiore solitudine e tristezza. Anche di notte, uscito di nascosto da casa, raggiungeva gli anfratti più reconditi del santuario e, con i venti marini che avvolgevano il suo volto, mirava la distesa di acqua, resa ancora più scura per le tenebre, dipinta da minuscoli bagliori luminosi che ondeggiavano in lontananza. Allora pensava che su di uno di essi ci fosse suo padre, di ritorno come vincitore da una battaglia con il nemico e che fosse venuto a prenderlo per portarlo via con sé; oppure sognava di partire, imbarcandosi di nascosto su qualche nave di contrabbandieri macedoni e di formare un esercito personale per realizzare il suo sogno; mentre fuochi mai accesi da esseri umani ardevano sull'altare sacrificale e melodie neniose avvolgevano nell'aria i suoi pensieri.

«Tutto bene, mio generale? »

Da prima una voce dal tono conosciuto e poi il volto del principe celtico Magilo illuminato da un lampo aveva riportato Annibale al presente.

«Sì, mio compagno, inseguo solo pensieri.»

Nessuno dei due aggiunse altre parole nel viaggio di ritorno verso l'accampamento, come chi utilizza gli attimi rimasti dal risveglio per coccolare ancora gli ultimi ricordi.

Faceva freddo ma aveva smesso di piovere; nubi cariche di acqua, trascinate da folate impetuose e improvvise di vento, rischiararono in un attimo il cielo, facendo apparire una timida e freddolosa luna.

Poi all'improvviso il capo dei Buoi, che precedeva Annibale, si girò di scatto e disse: «Caloroso comandante, amate il mistero?»

«La vita è avvolta dal mistero» – rispose – «come posso non amarlo.»

«Volete seguirmi? Vi porterò in un luogo per voi interessante» – continuò – «qua vicino abita qualcuno che può predirvi il futuro.» Annibale annuì e i due si incamminarono verso un sentiero scuro, illuminati solo dal chiarore della luna.

Dopo un breve viaggio tra i boschi spuntò, come un fungo, una piccola casetta di pietra, con il tetto di legno ricoperto di erica; le finestre e le porte erano aperte, dal camino usciva un fumo bianco, denso e compatto, gonfio come una nuvola.

Sulla porta apparve una vecchietta minuta e tremolante, che si appoggiava a un bastone di quercia ben più alto di lei.

«Vi stavo aspettando» – disse ai due uomini – «siete in ritardo, entrate subito all'interno, non ho molto tempo da dedicarvi.»

Annibale non era solito sorprendersi. Il suo animo forte e resistente non temeva certo le situazioni imprevedibili, soprattutto quando esse venivano dal mondo delle ombre. L'ignoto lo attraeva, come il magnete verso il ferro, per la sete di capire e anche per la sua bramosia di poter utilizzare capacità soprannaturali per propri scopi.

Gli dèi temevano il punico e lui era timoroso di loro, in un reciproco rispetto senza una fine apparente.

Entrarono in una stanza in penombra, illuminata solo in parte dal fuoco del camino; in esso ardevano arbusti di mirto, ulivi, mandorli sfioriti che, proprio per l'effetto combustione, rilasciavano nell'aria profumi ben noti, l'odore dei luoghi conosciuti. Tutto sembrava essere stato preparato per il loro arrivo.

Si accomodarono attorno a un piccolo tavolo di legno; subito la vecchia afferrò verso di sé le mani di Annibale ed iniziò a parlare

«O Didone, Tanit, Baal. È qui con me un uomo giunto da molto lontano, un volto a voi familiare, che chiede di stabilire un contatto per conoscere presagi a voi noti. Vi prego di riferire mio tramite il vostro pensiero.»

Mentre la canuta donna stava pronunciando tali parole, il fuoco alternava il suo lavoro, con momenti di quiete e altri in cui rinfocolava con maggiore vigore. Poi riprese a parlare

«in te, valoroso condottiero, s'incarnano le ire della dea Giunone. Giove guida il tuo cammino verso Roma, le tue imprese avranno eco oltre ogni attimo del tuo ultimo respiro, sei stato scelto per compiere gesta che rimarranno impresse nella storia degli uomini. Tu, essere di inesauribile vitalità, hai un solo nemico che può sconfiggerti: il tuo animo irrequieto, il tuo agire d'impulso, la tua ansia di ottenere tutto e subito. Utilizza la tua energia in modo lucido e indirizzala esclusivamente verso lo scopo della tua missione.

Non permettere al tuo destino occulto di cavalcare la tua impazienza. Se saprai governare la tua anima, non ci saranno limiti alle tue conquiste.

Questo ti mandano a dire Didone Elissa, Tanit e Baal.»

La vecchia, ansimando, quasi stremata, si ritrasse da Annibale, come un'onda schiumosa dopo la tempesta; si asciugò il sudore che le grondava copioso dalla fronte, recuperò un respiro quasi regolare e così concluse: «è ora di lasciarsi.»

Il generale cartaginese era rimasto talmente scosso da un simile incontro e dalle parole della veggente che se ne stava in piedi, in silenzio, con lo sguardo perduto nel vuoto. La testa della dea, racchiusa sul petto della sua armatura, risplendeva dalle luci delle fiamme emanate dal camino; sembrava che egli stesso fosse uscito dalle fiamme, indenne ed ancora più forte di prima, un'immagine che lo ritraeva come un tutt'uno con i suoi occhi fiammeggianti.

Lui ormai conosceva bene il destino che lo attendeva ma, il modo misterioso in cui si era svolta la scena, le parole pronunciate da questa sconosciuta, con apparente casualità ma che il fato aveva voluto che incontrasse, aveva fatto breccia anche in un freddo uomo calcolatore come lui.

Era tempo di ritornare all'accampamento. Uscendo dalla casetta, la vecchia trattenne Annibale per un braccio, avvicinandosi al suo orecchio e pronunciando parole che il generale non volle rivelare a Magilo ma che lo turbarono ancor di più.

VIII.

Lettera ad Amilcare

Ci sono notti che sembrano non finire mai, più lunghe ed infinite del solito. Mille erano i pensieri che avvolgevano la sua mente. I mesi trascorsi lontano dagli affetti più cari lo tormentavano, martellando la sua anima. Complice l'atmosfera che aveva trovato sugli Appennini e che aveva riacceso i ricordi pensò di affidare ad una lettera per suo figlio (o per suo padre?) tutto quello che avrebbe voluto dirgli, una specie di testamento, prima di entrare nel vortice della battaglia contro il nemico, incontro al suo destino.

Diede ordine che Sosilo di Sparta fosse svegliato e condotto al suo cospetto. Una volta giunto, lo storico, stropicciandosi gli occhi ancora assonnati, chiese al generale cosa fosse successo di tanto grave da svegliarlo nel momento più bello della notte, quello dedicato ai sogni e Annibale rispose

<< mio fedele testimone ed amico, ti chiedo di scrivere per mio conto tutte le parole che udirai uscire dalla mia bocca, senza chiedermi nulla, ma solo prestando il tuo orecchio allenato.>>

Sosilo si accomodò al tavolo, srotolando un papiro, vicino al lume di una candela tremolante. La voce del punico iniziò a rimbombare nella tenda mentre passeggiava in avanti e indietro e il maestro prese a scrivere:

La vita segue sempre il suo corso; anche se è breve, anche se può durare il tempo dell'impercettibile battito delle ali di una farfalla è una vita vissuta, che ha lasciato un segno che rimarrà indelebile come una impronta impressa nella storia. Ci sono cose che non possiamo capire, che sul momento avvertiamo come ingiuste e che mai vorremmo accadessero. Quando siamo bambini ci rendono felici le piccole cose e sperimentiamo sulla nostra pelle la precarietà della felicità: un momento sorridiamo e subito dopo cadono lacrime; basta infatti che il precario equilibrio dell'attimo che viviamo si interrompa per scoprire in un solo momento che niente è per sempre. Questo, con il tempo, ci aiuta a capire che dobbiamo apprezzare e vivere ogni singolo istante che ci è stato donato, come se esso fosse l'ultimo ed apprezzarne l'essenza anche perché, noi umani, non possiamo conoscere quando si romperà il sottile filo che ci lega a questa vita terrena.

Tu pensa che il giorno si susseguire infinitamente alla notte e viceversa ma non siamo in grado di prevedere o sconfiggere il nostro inevitabile nemico: la morte!

Poi, crescendo, con l'uomo crescono i desideri e le aspirazioni e subentra l'ansia, la insoddisfazione, la necessità di misurarsi con traguardi sempre più difficili perché è nell'animo umano sfidare l'impossibile e mettere alla prova ogni giorno i nostri limiti. Dentro di noi riaffiorano i demoni di un passato che riemerge con forza, retaggio ed eredità dei nostri avi, portando a nudo tutte le fragilità del nostro essere mortale.

La battaglia più importante da vincere, per non perdersi negli infiniti luoghi dell'ignoto, è quella con se stessi. È la più difficile da combattere e per farlo non potrai contare su nessun altro al di fuori di te. Infatti, non c'è nessuno che conosce meglio le tue paure più nascoste, i tuoi desideri e le aspirazioni. Non puoi condurre una vita bendandoti gli occhi per sempre mentre procedi in un luogo sconosciuto e pieno di insidie. Togli la benda e guarda dentro allo specchio della tua anima e non avere paura del profondo che da essa emergerà.

Cosa vuoi che ti dica, mio caro Amilcare, ti chiederai perché adesso io mi trovi qua. Avrei potuto rimanere a condurre una esistenza comoda, con la mia amata famiglia nelle nostre terre prosperose; crescere e rafforzare i miei affetti con la tranquillità che una vita agiata ci prospettava. Ma sarebbe stato come accontentarsi di quello che avevo, guardare la sontuosità della imponente montagna senza avere il coraggio di scalarla per vedere cosa c'è al di là dello sguardo; confrontarsi e capire, affrontare l'ignoto, prendere la strada sconosciuta senza avere paura di perdersi perché ogni uomo stabilisce il suo limite ed io voglio andare oltre.

La vita non ci riserva sconti o facili percorsi. Essa non ci aspetta; la vita è un viaggio di sola andata verso una meta sconosciuta eppure già scritta.

Voglio che ti illuda di essere l'artefice del tuo destino perché nessuno potrà toglierci i sogni e questa è davvero l'unica cosa che ci rende liberi, anche dalle divinità.

La candela si spense, lasciando compiere alla luce naturale la nascita di un nuovo giorno.

IX.

La marcia difficoltosa

Solo il vile ozia.

Annibale

Ovunque il suo sguardo si girasse vedeva i suoi uomini stanchi e provati da tanta fatica. Quello che al nemico non era riuscito fino ad allora stava riuscendo alla difficoltà dei luoghi.

Per un gruppo che aveva affrontato ben altri ostacoli, come le cime delle Alpi, il passaggio per l'Appennino avrebbe dovuto rappresentare poco più che una semplice passeggiata. Con i suoi più stretti consiglieri e con gli alleati del luogo aveva studiato bene questo percorso. Gli Appennini erano il territorio dei Magelli e dei Buoi e i loro comandanti avevano assicurato che il passo della Collina, proprio per la sua dolce pendenza e una altitudine non superiore ai mille metri, era la strada giusta per chi non voleva ricevere sorprese dal nemico e facile da valicare ma non aveva certo fatto i conti con l'imprevedibilità della primavera che proprio quell'anno aveva deciso di ritardare.

I sessantamila uomini si erano mossi ai primi di maggio del 217 a.C. lasciandosi alle spalle i cosiddetti "quartieri d'inverno", iniziando la salita tra fitti boschi di querce, castagni e conifere di abeti. Da subito l'impresa si era rivelata ben diversa dal previsto, a causa delle avversità climatiche incontrate. Una pioggia mista a neve, con rovesci improvvisi di acquazzoni e violente raffiche di vento aveva mostrato il vero volto ostile dei luoghi.

Il passo della Collina non si sarebbe fatto domare facilmente seppur invaso da una moltitudine di soldati e non sarebbe caduto compiendo un tradimento e assicurando un facile passaggio all'esercito.

La pioggia incessante, mista a neve, sembrava un cannone puntato contro tale impresa, difendendo Roma dagli invasori; sembrava che la natura stessa avesse preso posizione a favore dei romani, scendendo in campo e ostacolando la traversata.

Il gruppo avanzava molto lentamente, molti uomini caddero tra il gelo e quella sottile nebbia penetrante che avvolge dispettosa le notti e i risvegli primaverili.

Annibale poteva predisporre un piano di battaglia con il quale affrontare il nemico ma nulla poteva contro gli scherzi e le bizze della natura se non fare affidamento sugli auspici degli dèi e la forza dei suoi uomini.

Quando ebbero raggiunto il passo credettero per un attimo di esserne usciti e che li avrebbe attesi una dolce discesa.

Annibale, recuperate le forze e preso da quella euforia tipica di chi è uscito indenne da una brutta situazione, dando fondo alle energie rimaste e liberando tutta l'adrenalina prodotta dal corpo in copiosa quantità, decise di effettuare solo una breve sosta di una notte per riprendere subito all'indomani il cammino.

Il tempo sembrava aver voltato pagina. Era calato il vento, smesso di nevischiare e ne era uscito fuori un cielo tempestato di stelle che rendeva lucente la neve accumulata in mucchi, dal vento, sul terreno.

Faceva un freddo pungente ma sopportabile per uomini ormai abituati al clima rigido delle stagioni italiche.

Il generale punico, come sempre, non aveva sonno e se ne stava da solo in disparte, in un angolo buio dell'accampamento, avvolto nel suo pesante mantello, ammirando la volta celeste con gli astri che si trovavano in posizioni a lui sconosciute e che lo facevano sentire davvero catapultato in un altro mondo.

Il silenzio in cui era improvvisamente calato il campo, dovuto alla grande stanchezza accumulata dagli uomini e dagli animali per raggiungere il passo, rendevano il paesaggio ancora più surreale e inanimato.

Ma Annibale sapeva benissimo che sotto quelle tende giacevano e respiravano soldati valorosi che lo avevano seguito con grande spirito di abnegazione e sacrificio in quella pericolosa avventura e avrebbero dato la vita per lui. Non era da solo in quella parte di universo e pensava che ognuno si trovasse proprio nel posto in cui doveva essere perché niente avveniva per caso.

Per compiere il progetto divino occorreva l'apporto fondamentale dell'uomo, determinante per il buon esito della causa. Cosa sarebbe, infatti, una persona senza la fede, praticamente un vegetale senza alcun futuro. Ma la fede ha bisogno di uno strumento, l'individuo, che porti avanti il progetto.

L'eroe punico pensava che il futuro non fosse stato già scritto ma che fosse l'uomo l'artefice di esso, anche se riteneva che senza il favore degli dèi niente si sarebbe potuto realizzare.

Lui e i suoi uomini, sia pur tra mille difficoltà, si trovavano in quei luoghi non per caso ma per uno scopo preciso, per il loro volere, perché quello era il loro destino e le divinità erano a loro favorevoli. Più erano le difficoltà a cui andavano incontro più alto sarebbe stato il premio finale che li attendeva.

Guardò la vallata, avvolta in una nebbia oscura e misteriosa, Era lì dalla notte dei tempi, era sempre stata lì, in attesa del suo passaggio, con tutte le insidie che una cosa ignota è pronta a riservare a chi osa sfidarla.

Sembrava innocua, quasi invitante; fosse stato da solo avrebbe afferrato un cavallo e le sarebbe corso incontro con la spada sollevata, gridando di farsi avanti perché lui non aveva paura, perché quella era la sua strada, scelta da lui, appoggiata dagli dèi, nel nome di suo padre, della patria, nel nome della libertà. Ma non poteva farlo, avrebbe compromesso tutto, doveva rendere conto ad un esercito e almeno per quella notte doveva placare i suoi bollenti spiriti.

Si diresse verso la sua tenda; al lume di una fiaccola avrebbe studiato nuovamente le carte del percorso che li attendeva, masticando radici e aspettando il sorgere di un nuovo giorno, in attesa di un giorno migliore.

Ma, purtroppo, le illusioni, come è noto, durano il volgere di pochi attimi ed il punico dovette fare i conti con una discesa ancora più insidiosa della salita, complicata dal fatto che il clima rigido e piovoso aveva reso il terreno ancora più ostile e scivoloso.

Tutti gli uomini erano scesi a terra dai loro animali, procedendo molto lentamente aiutandosi gli uni con gli altri, in un percorso comune che li univa.

Ma, ahimè, della fine del tunnel non si vedeva ancora la luce e affrontare la pianura che avevano incontrato a fine discesa mise davvero a dura prova la capacità di resistenza del gruppo. Le piogge continue e insistenti avevano reso i terreni paludosi ancor più impraticabili. Non c'era posto dove potersi fermare, all'asciutto, per riposare assieme alle anime provate: tutto intorno era melma e fango, un mare mefitico infinito.

L'aria era resa ancor più irrespirabile dallo sbalzo termico; infatti la notte era molto fredda mentre il giorno si presentava caldo e umido, in un mix infernale esplosivo. Tutto quanto affondava, intrappolando animali e persone; completavano il quadro nuvole infinite di zanzare che tormentavano ogni essere vivente presente durante il martoriato viaggio.

Gli uomini erano ormai ridotti allo stremo delle forze, i loro sguardi assenti e persi nel vuoto; come tanti automi avanzavano senza proferire un solo lamento.

Questa cosa preoccupava il generale africano, timoroso che la situazione avrebbe prima o poi portato a sfaldare le fila disperdendo e sfasciando l'intero esercito. Ma lui e i suoi uomini erano ben consapevoli che il buon soldato non deve mai aver vergogna di trovarsi in difficoltà. Li aveva educati all'ordine, alla disciplina, a non perdersi d'animo soprattutto nelle peggiori avversità. "Solo il vile ozia" ripeteva sempre e nessun cedimento veniva registrato tra di loro.

Gli uomini continuavano a marciare, a cadere e a rialzarsi in silenzio. Alcuni rimanevano indietro, a terra, sopra gli animali, anch'essi caduti e sepolti nel fango, destinati alla medesima triste fine.

Sono questi gli infiniti giorni in cui la palude lo abbracciava nella sua perfida melma, cercando di soffocare una imminente invasione fisica e culturale, che avrebbe mutato definitivamente la storia e le sorti del popolo romano. Calda, sconosciuta, una melma penetrante che sembrava voler affossare i più bravi e instancabili guerrieri, "amici" invadenti, portatori di promesse distruttive.

Erano questi gli attimi in cui i momenti vissuti mille volte in altre condizioni di battaglia si svelavano ancora, rinnovandosi come un camaleonte esperto ed intransigente; momenti in cui la sua storia era la stessa di chi camminava insieme a lui nella marcia lenta e difficoltosa; notti in cui luoghi fisici e luoghi ideali non erano altro che due facce di due dadi diversi, tirati non casualmente dal fato.

Annibale, come sempre ben informato sui luoghi paludosi che avrebbero dovuto percorrere, aveva predisposto con precisione maniacale e con grande acume lo schieramento degli uomini.

I reparti di avanguardia, gli esploratori, erano composti da libi e iberi, soldati scelti per le loro spiccate capacità professionali. Essi costituivano l'élite da conservare con cura per le future battaglie con il nemico; passando per primi sulle paludi ancora intatte, incontravano meno difficoltà degli altri, muovendo essi stessi il terreno per chi sarebbe poi venuto da dietro.

Seguivano il primo gruppo i celti, popolo senza dubbio meno portato al sacrificio prolungato e al contrario più avvezzo alla fuga e a tirarsi indietro.

Essi però erano impossibilitati a fuggire in quanto nella retroguardia Annibale aveva inserito la cavalleria con a capo il fratello Magone, soldati sempre pronti a chiudere ogni via d'uscita.

Era anche per questo che il gruppo poteva avanzare compatto e senza cedimenti; nessuno dormiva, tutti marciavano e chi si fermava lo faceva solo perché sfinito andando incontro al destino di una morte certa.

Il punico si era collocato al centro dello schieramento, primo tra le legioni più deboli per dare loro più forza con la sua magnetica presenza.

Ma egli stesso era in grande difficoltà; avanzava stremato, a stento, sopra l'ultimo elefante rimasto in vita, il mitico Surus, sopravvissuto tra mille sofferenze. Annibale aveva iniziato a combattere anche un'altra difficile battaglia personale contro il suo occhio sinistro che aveva preso a non funzionare più come prima e a rilasciare inquietanti segnali. Un dolore fitto e incessante all'occhio e un velo nero stava calando su di esso, cominciando a compromettere la vista. Egli ripensò a quanto gli aveva detto la strega del bosco, annunciando nel suo orecchio il presagio che ora sembrava tristemente materializzarsi.

X.

La perdita dell'occhio

Per un comandante l'aspetto esteriore è tutto. Per una persona come Annibale, che aveva basato sullo sguardo gran parte della sua forza, lo era ancor di più.

Il punico stava vivendo un dramma tutto interiore proprio perché la vista rappresentava per lui lo specchio dell'anima. Infatti, più che con le parole, egli faceva parlare i suoi occhi grandi, scuri, penetranti, impartendo comandi con un semplice movimento di essi.

Questa grave forma di oftalmia che lo aveva colpito all'inizio della primavera di quell'anno, si era poi aggravata sensibilmente, frutto della stanchezza, delle intemperie, dell'umido, della malaria e delle conseguenti febbri paludose che erano venute incontro al suo destino.

In condizioni normali si sarebbe potuto quasi sicuramente salvare anche a quei tempi ma, senza cure e medicamenti adeguati, senza un semplice ma impossibile riposo, la cosa era notevolmente peggiorata e le sorti del suo occhio ormai segnate.

Ora un sottile velo di pazzia pervadeva la sua mente, ingigantito dall'impossibilità materiale di dormire durante la marcia di attraversamento del passo della Collina e delle paludi.

In quei momenti, da sopra il suo fedele amico Surus, giocherellava nervosamente con il suo anello di ferro che portava sempre alla mano sinistra, facendolo roteare. All'interno di esso, sotto il simbolo dei Barca, era gelosamente custodito un liquido mortale di erbe venefiche, capace di uccidere in pochi istanti persino il suo elefante; era il passaporto a cui avrebbe potuto attingere per la libertà, il compagno fedele dei momenti impossibili.

Più volte aveva pensato che sarebbe stato meglio se l'avesse fatta finita. E uno dei motivi era stato proprio quello di non voler apparire debole di fronte ai suoi uomini, menomato nel fisico; proprio lui che era l'incarnazione della perfezione e della forza, un modello da seguire per tutti i suoi compagni.

Egli riteneva che un valoroso generale non poteva lamentarsi e men che meno avrebbe potuto pensare a se stesso, alla sua salute. Un condottiero come lui non si poteva ammalare, rappresentava un esempio, era il simbolo al quale gli dèi avevano affidato il compito e non poteva apparire debole. E proprio per queste motivazioni, pensando al suo esercito di uomini valorosi, all'amore della sua tenera moglie Imilce e del suo amato figlio, pensando al sacro giuramento fatto al padre per la sua divina missione da compiere, prese in positivo questa deficitaria menomazione fisica presentata dal fato e ne uscì più rafforzato di prima.

Ci sono persone che hanno scritto la storia, che sono vissute migliaia di anni fa e che sono state capaci di trasformare un evento tragico in qualcosa di positivo a cui attingere e da cui ripartire con maggiore vigore.

Una di queste figure è sicuramente Annibale, il quale, ancora una volta, è stato in grado di accrescere la forza della sua volontà partendo da un evento negativo.

Egli indossò così una benda nera sull'occhio malato, rendendo la sua figura ancora più carismatica e piena di mistero.

Nessuno dei suoi uomini, neppure dei fedelissimi, osò chiedere che cosa gli fosse mai successo. Tutti lo continuavano a guardare con grande rispetto, interrogandosi in silenzio su quanto potesse essere accaduto. E nemmeno lui pronunciò una sola parola, considerandolo un evento naturale, come se tutto fosse rimasto uguale a prima, come se nulla fosse cambiato; anzi, l'occhio destro, quello ancora sano, dovendo svolgere il doppio del lavoro, ereditò ben presto dall'altro tutte le istruzioni, raddoppiando in esso tutte le sensazioni che doveva trasmettere ed emanando una fiamma che ardeva al suo interno ancora più forte. Questo lo faceva rappresentare come il ciclope di omeriana memoria, suscitando inquietudine nei suoi interlocutori.

Quando si tolse la benda, lo sguardo della pupilla era ormai perso nel vuoto e i suoi pensieri vagavano all'impazzata ancor più numerosi di prima.

Cui prodest?

A chi giova?

XI.

I punti di domanda

Quantum etenim distant a morte silentia vitae?

Ma quale differenza c'e' fra la morte e un'esistenza trascorsa nel silenzio?

Silio Italico, Le guerre puniche

Ogni giorno che passava Annibale avvertiva sempre di più il peso della sua diversità. Sentiva crescere dentro la responsabilità di un impegno che da bambino, all'età di nove anni, aveva sottoscritto con suo padre, un giuramento che gravava su di lui e dal quale non si poteva più sottrarre. Il destino, da quel momento, era già stato segnato e nessuno poteva tornare indietro. Ma ora che aveva percorso migliaia di stadi, che era lontano mesi di viaggio, tagliato fuori dalla patria e in assenza dei suoi affetti più cari, in luoghi ignoti, ostili, inesplorati, ora la sicurezza di un tempo sembrava vacillare. Si stava manifestando in modo acuto la solitudine dei numeri primi, la solitudine di chi si trova da solo al comando di migliaia di uomini, la solitudine di chi, pur circondato dalla folla, deve decidere da solo, non solo le proprie ma anche le sorti di tanta gente. Essa si era insinuata nella mente come una serpe strisciante nel nido, un tarlo che tutto consuma, un vero e proprio virus.

Non c'era attimo che il suo pensiero non andasse a sua moglie, a suo figlio, alla sua Cartagine lontana. Allora chiudeva gli occhi per trattenere i ricordi, gli odori e i profumi. Tanto forte era il desiderio che ad Annibale sembrava di toccare davvero le persone da lui amate, di respirare l'aria con il profumo della sua terra. L'anima era con loro ma il suo corpo giaceva intrappolato in quei luoghi oscuri.

Si trattava di un esercizio un pò egoistico al quale si abbandonava, avvolto come in un oblio, resosi necessario per la paura di dimenticare. Era questa una licenza che si prendeva sempre più spesso per permettere alla mente di volare via senza confine ed era anche un modo per rigenerarsi ed indossare di nuovo la corazza con maggiore convinzione e forza.

Annibale era come rinchiuso in questa sua condizione: da una parte doveva portare avanti il progetto maturato con suo padre e che era diventato il motivo principale del suo vivere e dall'altro aveva la consapevolezza di stare combattendo un'impresa molto più grande di lui, in ogni senso, sia per la oggettiva conoscenza dei propri limiti che per la reale inferiorità numerica dei suoi uomini. Egli contava nella sollevazione dei popoli oppressi da Roma, perché non combatteva una guerra contro gli italici ma solo contro Roma; egli contava nel malessere che serpeggiava nella penisola ma con il dubbio crescente di non farcela, visto che comunque era considerato solo come uno straniero venuto da lontano.

Ma Annibale si era spinto troppo in avanti. Egli era come un chirurgo che la sera prima dell'intervento che ha da compiere, studia l'operazione nei minimi particolari e che una volta realizzato, lo ripercorre di nuovo a ritroso per vedere se sono stati compiuti errori e migliorare. Così era lui prima e dopo ogni battaglia, prima e dopo ogni guerra, in una spirale meticolosa senza fine.

Egli era capace di trascorrere intere notti insonni prima di una battaglia a studiare meticolosamente le carte fornite dai suoi informatori, a preparare con la mente l'intera operazione militare. Una volta portata a conclusione la ripercorreva e la analizzava in ogni suo dettaglio; era insomma un vero e proprio perfezionista.

Adesso, anche volendo, non avrebbe più potuto fermarsi. Il punico si sentiva ormai parte di un progetto divino, inesorabile, in cui era allo stesso tempo partecipe e spettatore; era un qualcosa che non era più in grado di controllare. E questo, per un uomo come lui, abituato ad avere ogni cosa sotto il suo comando, stava diventando un peso enorme con il quale fare i conti.

XII.

La fine della palude e dell'elefante Surus

Dopo quattro giorni e tre notti uscirono finalmente dall'inferno. Era stata questa la prova più dura che avevano dovuto affrontare, persino più impegnativa dell'attraversamento delle Alpi. La fine della palude li fece letteralmente riemergere nei dintorni di Fiesole; contro ogni logica previsione Annibale era riuscito ancora una volta a uscirne vincitore, sconfiggendo il clima avverso e il labirinto prodotto dal territorio. La natura si era arresa anche essa di fronte all'avanzata inarrestabile del glorioso esercito. Adesso niente sembrava impossibile. Ancora una volta aveva avuto ragione anche se il costo di vita umano e degli animali era stato impressionante.

I sopravvissuti stramazzavano al suolo, esausti, potendo toccare finalmente una terra ferma e non più melmosa.

Il generale, anch'esso provato da tali avvenimenti, ordinò di predisporre l'accampamento e concesse ai suoi uomini il meritato riposo.

Solo a quel punto Annibale, scendendo dal suo "amico" Surus, poté accorgersi che l'elefante indiano, il più valoroso di tutte le guerre puniche, lo stava lasciando.

Ordinò subito che gli venisse tolta la corazza, la torre dal dorso, le armature dalla proboscide e dalle orecchie.

Surus, come liberato, si adagiò su di un fianco, delicatamente, nonostante la sua ingente mole. Sembrava che anche egli avesse capito che la battaglia contro la malaria non poteva essere vinta.

Surus aveva sofferto in silenzio; doveva portare a termine il suo compito, mettendo in salvo, fuori dalle paludi, il suo fedele

padrone che, adesso, inginocchiato di fronte a lui, lo stava accarezzando con affetto, come si fa con un figlio.

Anche egli, al pari dell'animale, si era tolto l'armatura, il mantello trasudato di nebbia e l'elmo e così, con la voce rotta dalla commozione, aveva iniziato a parlare:

«O Surus, mio fedele amico, compagno di mille battaglie e avventure, è purtroppo giunta l'ora di separarci. Abbiamo percorso tanta strada insieme, hai sopportato con la dignità di un grande condottiero tutte le difficoltà e le insidie incontrate lungo il viaggio e non ti sei mai sottratto alla fatica e alla lotta.

Hai combattuto al mio fianco, durante l'assedio di Sagunto, hai attraversato senza timore il minaccioso e profondo fiume Ebro, sei salito con abilità sulle alte montagne delle Alpi e poi sei andato incontro al Trebbia, al Ticino, al passo della Collina, alle paludi, al regno delle ombre.

Come dimenticare le nostre corse sfrenate nelle terre di Cartagine, a rincorrere il vento, liberi e felici, come una cosa sola!

Sei sempre stato al mio fianco ma adesso gli dèi, conoscendo il tuo inestimabile valore, hanno deciso di chiamarti a sé.

Tu non devi temere il mondo delle tenebre. Il tuo arrivo è atteso dai tuoi fratelli che ti hanno preceduto; essi sono ansiosi di correre assieme a te nei grandi spazi aperti e luminosi del cielo. E lì, quando arriverà il momento, ci potremo rincontrare.»

Nel frattempo, attorno ad Annibale e a Surus, si era creato, a circolo, un folto gruppo di uomini che erano rimasti attratti dalle parole strazianti del generale e lo ascoltavano in silenzio e segno di rispetto, anche essi commossi da una situazione così triste.

Annibale tirò fuori dalla sua borraccia di pelle un pò di acqua con la quale bagnò la fronte dell'animale, come per benedirlo.

Poi, non potendo sopportare di vedere il suo elefante ridotto in fin di vita, decise di mettere fine alle sue sofferenze: estrasse la spada e in un sol colpo lo trafisse mortalmente.

Si tolse la benda dall'occhio e con lo sguardo perso nel vuoto diede ordine ai suoi uomini di preparare un grande falò. Surus meritava un funerale come quello di un valoroso soldato.

Poi, rimessa l'armatura, riprese la parte del condottiero, perché il domani non poteva attendere.

FINALE

La storia ci insegna che le cose non andarono come previsto. Annibale, pur arrivando alle porte di Roma, dopo tante battaglie vittoriose, rimase invischiato in una guerra di logoramento portata avanti con grande senso tattico dai Romani e non riuscì a realizzare il suo sogno. Scelse poi la via dell'esilio e, non volendo cadere prigioniero del nemico che lo avrebbe portato alla gogna a Roma, si tolse la vita nel 183 a.c. a Libyssa (Turchia) con il veleno che aveva a lungo conservato nel suo anello.

Neque se Roma, iam terrarum orbi superato, securam speravit fore, si nomen usquam stantis maneret carthaginis: adeo odium certaminibus ortum ultra metum durat et ne in victis quidem deponitur neque ante inusium esse desinit quam esse desiit.

Roma non avrebbe sperato di essere al sicuro se in qualche parte della terra fosse rimasta l'ombra dell'esistenza di Cartagine: a tal punto l'odio nato dalle guerre dura ben oltre la paura, non viene deposto neppure nei confronti dei nemici vinti, né ciò che è oggetto dell'odio cessa di essere odiato prima che abbia cessato di esistere.

Veleio Patercolo, *Storia romana*

Cartagine, la città di Annibale, fu distrutta nel 146 a.C. Nata per mano della divinità Didone, con un rogo propiziatorio nel tempio a lei dedicato, si spense nelle fiamme dei romani dopo 17 giorni di sofferenze e 666 anni di vita.

I latini, non paghi della vittoria ottenuta, sfogarono sui resti delle rovine fumanti tutto l'odio che avevano maturato verso quell'uomo, Annibale, che aveva osato toccare e mettere in discussione la supremazia e il potere dell'Impero.

In una funesta mattina legarono gli aratri ad oltre cento buoi e nei solchi lasciati dagli animali, soldati romani gettarono sale a piene mani, affinché in quel luogo non potesse ricrescere niente altro che un triste ricordo.

Un pugno di sale unito alla follia umana, in una mattina nebbiosa, cancellò Cartagine, città di navigatori e mercanti.

"Si dice che Scipione, vedendo la città (Cartagine) finire allora nella rovina più completa, scoppiò in

lacrime, e fu chiaro che piangeva per i nemici; rimase a lungo a meditare tra sé e sé e avendo compreso che città e popoli e tutti gli imperi devono mutare come gli uomini il loro destino... esclamò:
«Giorno verrà che Ilio Sacra (Roma) perisca, e Priamo, e la gente di Priamo buona lancia.»
E quando Polibio chiese che cosa volesse dire con quelle parole, raccontano che Scipione, senza trattenersi, fece apertamente il nome della sua patria, per la quale tremava, se si fermava a guardare al destino delle cose umane."

(Polibio, libro XXXVIII)

... non sono io che scrivo, sono le parole che

cercano me...

effegi

Finito di stampare nel mese di Febbraio 2016
per conto di Youcanprint *Self-Publishing*